Qualcosa ti Perseguita:

Un Thriller Psicologico pieno di Mistero e Terrore

Oliva Corina Franco

"Più sano è colui che accetta la propria follia". **Edgar Allan Poe**

Lasciatemi un commento e fatemi sapere qual è stata la vostra esperienza di lettura. Grazie mille.

Indice

Prefazione

Volete sentire il terrore in carne e ossa mentre scorrete le righe delle storie di suspense e horror di questo libro o avete paura di leggerle al buio mentre i protagonisti di questa storia sono inseguiti da...?

Non c'è altro da aggiungere, vi lascio scoprire da soli cosa nascondono le pagine di questo libro misterioso. Sicuramente quando lo leggerete non riuscirete a dormire...

I demoni del mais

Si sentiva un uomo bisbigliare maledizioni mentre si dibatteva nel bel mezzo del nulla, vicino a un villaggio abbandonato, cercando di mettere in moto un'auto ad ogni costo. Gli era successo qualcosa, dal modo in cui appariva. Sembrava che si stesse nascondendo da qualcosa mentre si girava in ogni direzione, accovacciato in mezzo a una stretta strada sterrata. Era una giornata piena di nuvole e di tempo piacevole; una di quelle in cui non si vuole morire. All'improvviso l'uomo cercò di telefonare, apparentemente faticando a prendere il segnale in quel luogo circondato da montagne.

- Dannazione! Dai! Rispondi, per favore, per l'amor di Dio! -Era disperato al telefono, e per sua fortuna stava ricevendo una risposta.

"Polizia di Heindenberg, qual è la vostra emergenza?".

- A Yarling. -rispose senza pensare.

"Yarling", chiese sorpreso l'operatore.

-Sì, Yarling. Non so quanto sono in alto, visto che ho preso la Interstate 14....

-Va bene, a Yarling. Mi dica ora, qual è la sua emergenza?

-Va tutto bene. C'è... mia moglie... mi stanno inseguendo. -Disse l'uomo con voce affannata mentre continuava a guardarsi intorno, -Non so quanto tempo mi rimanga, signorina, ma... credo che se ne siano già andati. Per favore, venga...

-Il signor Calma.

- Basta prendere l'interstatale scendendo dalla 14esima e inviare l'aiuto....

- Sappiamo bene dove si trova Yarling, ma noi siamo a Heindenberg e al momento non c'è nessuno della stazione vicino a Yarling disponibile".

- Cosa diavolo ha detto?

"Sta chiamando la contea di Heindeberg, signore".

- Perdere. So che qui non c'è nessuno, è una dannata città fantasma, ma potreste mandare qualcuno per favore, per l'amor del cielo! - esclamò tra sé e sé, chiaramente disperato e pieno di incertezze su ciò che lo perseguitava.

"Lo faremo, ma ci vorrà un po' di tempo, siamo a circa 50 chilometri di distanza e il pattugliamento durerà circa un'ora, signore".

- Va bene, andrò in alcune case abbandonate dall'altra parte della strada, o meglio in quella che era una stazione di servizio, penso che sarò un po' più al sicuro lì, purché non mi trovino. Uscirò quando arriverà il poliziotto. Non ne sono sicuro, ma qui ci sono non più di cinquanta case fatiscenti. È vicino alla città, anche se non saprei dire quanto perché sono corso a cercare la macchina in mezzo alla strada, ma non sono riuscito a metterla in moto, e...

- Non si preoccupi, l'ufficiale sarà in grado di trovarlo, ma devo dirle che il villaggio di Yarling è abbandonato da anni. Ma devo dirle che il villaggio di Yarling è abbandonato da anni, quindi potrebbe ripetermi qual è la sua emergenza?

-So che non mi crederete, ma la città di Yarling non è una città fantasma come tutti pensano.

- "Rimanete calmi. Un agente sta arrivando sul posto".

- Grazie.

- Quindi la loro posizione è quella di arrivare da una strada sull'Interstate 14 in direzione della città di Yarling senza raggiungerla, in particolare presso una stazione di servizio sull'autostrada 14.

1

- Qualcosa del genere, signorina.

- Allora non si muova da lì. Tra poco arriverà una pattuglia, posso sapere il suo nome?

-Spencer Walker.

- Perfetto signor Spencer. Non si preoccupi, cerchi di mantenere la calma, un agente sarà presto da lei".

-Grazie mille. -disse Spencer mentre raggiungeva il posto e sbirciava attraverso le finestre rotte per vedere se qualcosa si stesse avvicinando dal profondo dei campi di grano lungo il lato dell'autostrada interstatale che sembrava abbandonata da anni. La paura si fece più forte man mano che i minuti passavano per Walker all'interno del locale.

Non era passata più di un'ora quando, appena fuori dalla fila di case orizzontali vicino alla stazione di servizio, suonò la sirena di un'auto di pattuglia da cui uscì un agente di polizia chiaramente proveniente da un'altra contea dal numero di distintivo che li identificava. L'agente si diresse verso il minimarket che faceva parte della stazione di servizio.

- Signor Spencer. Signor Spencer Walker, è qui? Aveva chiesto l'agente entrando nel drive-thru dove non rimanevano che vecchi scaffali e lampade rotte. Non passò mezzo secondo che un rumore allertò il poliziotto: era chiaramente Spencer, che si era nascosto dietro un vecchio distributore di bibite coprendosi con cartoni e sacchetti.

- Finalmente, ufficiale! Sono contento che sia arrivato", sussurrò Walker, ridendo.

-Perché non l'ha detto all'operatore? Avrei portato un'ambulanza con me.

-Andiamo via di qui, agente, cosa importa ora che è ferita.

-Non è una ferita qualsiasi, signor Walker.

-Va bene, andiamo, vi dirò tutto per strada. Ma andiamo, vi dirò tutto per strada, non è sicuro stare qui, per favore. -Spencer insisteva, mostrando ancora la sua paura nonostante l'agente fosse lì con una pistola. Prima di andarsene, il poliziotto cercò di telefonare alla stazione di Heindenberg, ma senza successo.

- Il segnale non funziona, quindi non riesco a trovare un'unità paramedica. Allora, dimmi cosa ti è successo.

- Sono stato attaccato. Io... è meglio che l'agente se ne vada da qui", insistette ancora Spencer.

- C'è qualcun altro che lo accompagna.

- Non in questo posto, ma...

-Questo posto è lontano dalla strada trafficata. Quasi nessuno usa più questa strada. Come siete arrivati qui?

-È una lunga storia, ma è successo tutto nel villaggio di Yarling qualche ora fa. Non voglio essere scortese, agente, ma siamo in pericolo. È meglio che ce ne andiamo subito.

- Ricorda i suoi aggressori, signor Spencer? Può dirmi qualcosa su di loro? - chiese l'agente.

- Ah, sì, ma... hanno mandato solo te?

-Sono l'unico in circolazione nella parte sud della contea di Heminher, quindi mi hanno mandato da solo. -Rispose il poliziotto e poi aggiunse esitante. -Vedo che la sua ferita è il risultato di una pugnalata, forse un coltello. Bene, è ora di andare, abbiamo molta strada da fare per tornare indietro, e poi mi racconti.

Mentre il poliziotto diceva queste parole, Spencer si è rifiutato di uscire dal vecchio minimarket, un attacco di panico l'ha colto e il poliziotto l'ha rimproverato appena prima di spingere la porta di vetro temperato del negozio.

- Cosa c'è che non va, signor Spencer? Venga con me, non voleva andarsene prima e ora ha cambiato idea?

- No, non possiamo uscire adesso", disse Spencer un po' paranoico.

- Se non fa come le dico, signor Spencer, la arresterò per aver disobbedito a un'autorità e averla resa vana. La legge non è un gioco". - Aggiunse.

- Per favore, non alzare la voce, potrebbero sentirci. - Walker lo aveva rassicurato con la paura evidente nei suoi occhi.

- Chi ci ascolterà?

- Quei bambini che non appartengono a nessuno.

-I bambini...! Forza amico, saliamo in macchina e andiamocene da qui, la sua ferita è profonda e ha bisogno di un medico, altrimenti potrebbe infettarsi e nel peggiore dei casi potrebbe ..... Seguitemi, raccontate tutto mentre andiamo alla macchina di pattuglia.

- Vi dico tutto in modo ufficiale, ma qui. So che tutto questo ti sembra strano, ma... Devo dirle tutto qui, una volta che avrò saputo tutto, ce ne andremo. -disse Spencer, sperando che l'agente di polizia fosse d'accordo. Proprio mentre pronunciava quelle parole, il segnale tornò sul dispositivo di comunicazione dell'agente e questi non esitò a rispondere due volte alla frequenza.

- Chilometro 14, appena superato l'ingresso della città di Yarling, esattamente sulla vecchia strada interstatale che porta alle miniere abbandonate di CUCULA.

-Sono tutto orecchi, signor Spencer. Basta che mi dica che il suo braccio sta bene. Quella ferita attraversa un'arteria principale.

-Questa è l'ultima delle mie preoccupazioni. Il mio braccio sta ancora bene. -disse, e senza perdere tempo Spencer Walker iniziò a raccontargli quello che gli era successo lì:

"Vede agente. Sono venuto in questo posto con mia moglie. Originariamente eravamo diretti verso la costa, sa, il Natale è alle porte e volevamo comprare dei regali in quella zona per i nostri parenti e visitare alcuni vecchi amici. Il fatto è che ci siamo persi, abbiamo preso l'ingresso della 15 e poi alcuni bivi ci hanno portato sulla Interstate 14 che porta a Yarling. Si trattava di un viaggio fatto con la scusa dei regali, ma il motivo principale era cercare di salvare il nostro matrimonio. Ma la realtà era che le cose andavano di male in peggio.

- Puoi scaricare quella dannata musica. Odio Bohemian Rhapsody dei Queen. - disse Karla accanto al sedile del passeggero, mentre Spencer accelerava a 40 miglia all'ora e lo ignorava solo per un paio di secondi, cedendo infine ai capricci della moglie. - Spero che tu sappia dove siamo.

- In Texas, e dove se no?

-Non essere sciocco, so che siamo in Texas Spencer, ma....

-Perché mi chiedi se hai la mappa con te? -Brontolò Walker, facendo del suo meglio per non esplodere e ricominciare a litigare.

- Non importa! So solo che abbiamo lasciato la strada principale e ne abbiamo imboccata una sottostante per guardare chilometri e chilometri di campi di mais infiniti sul ciglio della strada, un bel paesaggio, non credi? -disse Karla in tono sarcastico, facendo una lunga smorfia ostile.

- E pensi che ci siamo persi di proposito? Pensi che sia bello guidare per 600 miglia dal Wyoming al Texas e perdersi? Ho un culo come un'aspirina e tu mi accusi di essermi perso di proposito. Che stronzo! -Walker era un po' infastidito, ma non alzò troppo la voce per non scatenare una rissa. Ma lei non si trattenne e fece un commento sprezzante.

2

-Sai Spencer, a volte mi chiedo come diavolo ho fatto a sposarti. -disse Karla mentre Walker fermava l'auto per qualche secondo e afferrava la cartina davanti al cruscotto per vedere esattamente dove diavolo si trovavano.

- Siamo usciti dalla strada principale 15 e abbiamo preso il bivio che diceva non ricordo, ma siamo arrivati alla 14, che è qui; ed è una strada che va alla città di Yarling e proprio qui siamo, suppongo. E... eureka!" esclamò infastidita, "La strada prosegue per centinaia di chilometri in linea retta Spencer, e davanti a noi non c'è altro che il nulla. O meglio, una città che ci porterà al nulla, o vuoi andare così lontano, a 20 chilometri...? -Aggiunse, poi gettò la mappa nel retro della Mustang del 1980. -La città di cui parlava Karla era evidentemente la città di Yarling, a pochi chilometri dalle miniere abbandonate negli anni '50, e quella era la fine della strada. Spencer non disse nulla, e Karla lo ribadì con rabbia:

- Perché non andiamo a mangiare e poi torniamo, o vuoi continuare a guidare verso il nulla? -Karla esitò, ma non prima di aver lanciato un paio di imprecazioni indirette a Spencer, che non le prese bene.

- Ne ho abbastanza di te, Karla! Tornerò indietro e usciremo da questa dannata strada, troveremo quel tuo avvocato e firmerò il divorzio. Sono stufo di sopportare i tuoi capricci e le tue bizze. - dichiarò Spencer mentre guidava con una mano sola e le sbatteva in faccia tutto ciò che aspettava da tempo e...

- Attento Spencer, stiamo per...

In quei secondi di distrazione, mentre Walker sfogava tutto il suo veleno, la Mustang si imbatté in qualcosa di vivo e lo colpì, poi sbandò fino a fermarsi un paio di metri più avanti, lasciandoli storditi per qualche secondo, a fissarsi l'un l'altro.

-Dimmi Karla..., quello era un cane.

-No. Non era un cane", rispose lei senza guardare davanti a sé, "era un... un bambino. Un bambino di soli otto anni. È uscito dal ciglio della strada, dal grano.

Spencer scese immediatamente dall'auto e la scena che vide lo lasciò sul punto di vomitare. C'era un bambino di non più di dieci anni, dilaniato dal telaio dell'auto che lo aveva praticamente investito. Spencer si allontanò di una quindicina di metri dal lato della strada e cominciò a guardare qualcosa. Karla scese immediatamente.

- Spencer! Non fare l'idiota, che diavolo ci fai lì a guardare?

-Credo di aver visto qualcosa muoversi all'interno del mais.

-Se non vuoi andare in prigione, è meglio che alzi il culo e mi aiuti a portare il corpo in quei campi di grano. -La ragazza aveva fatto la proposta. Poi lo portarono fuori. Lasciando il corpo del ragazzino mezzo sepolto tra le foglie e la vegetazione secca. Ma non prima che Spencer ricevesse ogni sorta di insulti e maledizioni dalla moglie per non essere stato attento e per essere un imbecille.

- Smettila Karla! Non è stata colpa mia, chi avrebbe mai pensato che un bambino di nove anni sarebbe scappato in mezzo al nulla. E poi tu non hai aiutato molto, sei in parte responsabile di tutto", disse.

Mentre camminavano paranoicamente fuori dal campo di grano, qualcosa li fermò. Davanti ai loro piedi si vedeva spuntare dal terreno una valigetta marrone, come se qualcuno l'avesse lasciata lì con l'intenzione di nasconderla. Karla non se ne curò, anzi avanzò di un paio di metri dando le spalle al marito. Proprio mentre Spencer stava per afferrare la valigetta, qualcosa lo spaventò e subito sussurrò alla moglie, mettendola in allarme e rendendola paranoica:

- Karla! Karla! Portami la pistola. Non dimenticare il lenzuolo.

- Di cosa stai parlando! -esclamò senza nemmeno immaginare le parole che il marito avrebbe pronunciato.

- Davanti a me, nascosto tra le piante di mais, c'è un bambino come lui ucciso; gli hanno appena tagliato la gola, è orribile! Probabilmente non più di dieci minuti fa, e chiunque sia stato... è vicino, molto vicino a Karla. - La donna fece proprio quello che Spencer le aveva chiesto di fare.

-Perché gli hanno fatto questo? Era solo un ragazzo. si chiedeva Spencer mentre la moglie arrivava per consegnargli la 9 millimetri che portava sempre con sé come mezzo di difesa.

-Grazie Karla, ti senti bene?

-Sì, ora mi sento molto meglio. - rispose senza pensare.

-Ma cosa farete?

- Dobbiamo portare il corpo alla polizia. Rispose mentre si tirava addosso il lenzuolo e sollevava il corpicino del tredicenne nel bagagliaio.

- Ehi Spencer, che ne facciamo della valigetta?

-Può servire come prova, mettetelo nel retro. E andiamocene immediatamente. -ordinò con timore, mentre dava un'ultima occhiata alla scena in cui si trovavano pochi secondi prima, un luogo che da lontano sembrava piuttosto lugubre.

Dopo due lunghe ore i due finalmente si parlarono, dopo gli eventi molto particolari a cui avevano assistito.

3

- In quale città mi hai detto che Karla era la prossima? - sospirò Spencer, un po' assonnato dopo aver percorso quasi trenta chilometri.

-Si chiama... vediamo... ce l'ho, Yarling Stock, e se non sbaglio saremo lì tra pochi minuti. -disse Karla.

- Pensi che abbiano una stazione di polizia?

-Ne dubito, si vede solo un puntino", esclamò mostrandole un piccolo segno sulla mappa che indicava che era l'unico villaggio della zona.

-Spero che ci sia almeno qualcuno che abbia l'autorità di lasciare questo corpo, forse il bambino ucciso è di quella città. -aveva commentato Spencer.

-Ma non gliene parleremo....

-È stato un incidente, Karla, non possiamo dirlo. Questo è diverso.

-E se ci chiedete dove possiamo trovarlo.

-La strada è gigantesca. Saprò cosa inventare.

- Perché avrebbero dovuto tagliare la gola a un bambino? -chiese Karla. Spencer non voleva rispondere o non sapeva cosa dire. Non si tirò indietro e suggerì di nuovo. - Perché non portiamo il corpo a Stambord?

-Siamo vicini ora, vedremo se ce n'è uno a Yarling e se non c'è, torneremo dove dici tu.

-Sai una cosa Karla.

- Cosa?

- Abbiamo visto qualcosa di fuori da tu-sai-cosa....

-Un solo motociclista e... un guidatore di sentieri.

-Non intendevo lungo la 15, che è la strada principale, ma lungo questa strada.

-No, non abbiamo visto una dannata macchina per chilometri.

-Un po' strano, non credete?

-Forse perché non è ancora festa e la maggior parte delle persone sta lavorando. -disse.

-Si desidera aprire la valigetta.

-Credi che sia utile? È meglio che accenda la radio, forse c'è qualcosa di buono.

Spencer iniziò a muovere le lancette delle stazioni senza decidersi, finché una stazione lo fermò a causa di ciò che stava trasmettendo, un messaggio estremamente strano:

"Solo i puri di cuore si salveranno, tutti i malvagi meritano di morire. I peccatori non entreranno nel regno, ma solo i meritevoli di vita. I trasgressori meritano di essere tagliati fuori dalla vita. Chiunque pratichi la lussuria, chiunque maledica il grano, chiunque faccia le cose del mondo, chiunque si contamini con le cose di satana, pagherà...".

-Mi dispiace Spencer, ma quelle persone religiose mi irritano. -disse Karla spegnendo la radio.

-L'ho sentito parlare di mais, ne sono certo.

-Non gli ho prestato attenzione. Ma guarda, ha appena aperto la valigetta. -disse la ragazza.

- Allora? C'è un milione di dollari.

- Non scherziamo Spencer.

-Allora, che succede?

-Due camicie, tipo anni '30, cioè uguali a quelle che indossava mio nonno. Un paio di scarpette, un berretto e... wow un disegno strano, sicuramente tutto questo apparteneva a un bambino. - rispose la ragazza.

- Non vi sembra strano il messaggio che è stato diffuso su quella stazione.

- Perché ne parla?

-Cosa c'è scritto. Il messaggio.

- Per tutta la mia infanzia ho ascoltato queste cose in una chiesa, potete immaginare come sono finito... arrabbiato!

-Ma quel ragazzo, il predicatore che uscì alla stazione, era molto giovane. La sua voce lo indicava.

-È la cosa peggiore. Perché ti inculcano un sacco di cose mentre vieni manipolato. Ti fanno sentire come una feccia, che sei un peccatore e cose del genere. Se foste stati con me da bambini, direste la stessa cosa. Per esempio, il pastore Misael passava sempre con il vassoio della decima e con il figlio di sei anni, che aveva la sindrome di Down, e lo faceva in questo modo per convincere tutti a dargliela. Era un figlio di...

Mentre raccontava questo aneddoto, un oggetto cadde dalla parte superiore della valigia, che era ancora aperta, e cadde sul fondo della valigia.

- Cos'è quello, Karla?

-Non lo so. Fammi vedere, mmm, guarda! Credo che sia un piccolo rosario fatto di pula di mais essiccata. Qualcosa di strano!

- Come sono ingegnosi i religiosi. Riescono persino a creare incantesimi con cose naturali. - disse Walker alla moglie, mentre teneva d'occhio l'oggetto mentre si avvicinava alla città.

-Buttatelo via, è orribile.

4

-Non preoccupatevi, può essere utile per noi, forse, come test.

-Sto cercando un rosario fatto di pula di mais, come vuoi tu! - mormorò infastidita.

-Abbiamo proseguito e dopo un paio di chilometri sono apparse case e capannoni prima di arrivare a questo gruppo di case. Prima volevamo controllare se c'era una stazione di polizia da queste parti, ma poiché abbiamo visto questo posto abbandonato e non abbiamo visto nessuno abbiamo deciso di tornare indietro e di entrare nel villaggio dalla piccola strada sterrata che vi conduce.

- Naturalmente, come le ho detto, signor Spencer, quasi nessuno percorre questa strada, a parte qualche turista come lei che si allontana e si perde. Ma era proprio necessario raccontarmi tutta questa storia per placare in qualche modo il suo subconscio dall'omicidio che ha appena commesso? Sono stato abbastanza affabile, anche se dubito che alla stazione di polizia siano così, signor Walker.

-Non ufficiale, non ho ancora finito. Questo è solo l'inizio.

"Poco prima di arrivare, continuavano ad estendersi campi sterminati di piante di mais e ad un bivio, esattamente quello che portava al villaggio, c'era un cartello particolare che recitava: "Beata la chiesa degli eletti", dopo il quale apparivano pubblicità di Pepsi e cola. Poi siamo arrivati a un tratto di strada piuttosto singolare, dove c'erano decine di vecchi cartelli sparsi, ognuno distante almeno dieci metri l'uno dall'altro - "L A S S P A D E

15

OF EL A N G E L N O S A C O M P A N A - D I A Y N O C
H E" -.

- Perché stai ridendo Karla? - chiese Walker.

-Avete visto quei segni.

-Sì...

-Vedo che non li leggete. E le cose che dicono. Mi chiedo che razza di pazzi vivano a Yarling Texas per prendersi il tempo di fare tutto questo. Che ridere! - esclamò Karla ridendo di gusto.

- Si sente bene?

- Starò bene finché non saremo lontani da questo posto maledetto.

-Forse la gente del posto mangia mais e, se non sbaglio, questi cartelli hanno a che fare con il mais. Visto che è l'unica cosa che abbiamo visto per chilometri.

- Spencer!

- Cosa?

-Dimenticatelo.

-Ufff. Eccoci finalmente qui. - Walker indicò un cartello di legno che dava il benvenuto al villaggio: "Benvenuti a Yarling, il miglior villaggio del mondo".

-Che pudore da parte di questi abitanti del villaggio", mormorò la donna.

-Bene, ci siamo. Non voglio fare un altro incidente mentre guido, guarda, sulla destra potrebbe esserci una stazione di polizia.

-Vedo solo case, un caffè dalla facciata trascurata... una scuola come quella. Aspetta, fermati qui. -Karla gridò e, mentre Spencer tirava il freno a mano, iniziò a dire: "Torna indietro e portiamo il corpo a Stambord. - Tornate indietro e portate il corpo a Stambord.

- Perché dici così?

- Non vedi Walker, questa città è completamente vuota. Ci siamo solo noi. E poi non mi piace. Qualsiasi pazzo potrebbe nascondersi da queste parti, e non dimenticare chi ha tagliato la gola al ragazzo che stiamo trasportando nel bagagliaio. Che mi ha assicurato di non essere di qui. -Ribadì.

-Beh, sembra di sì, ma... Forse sono intorno alla piazza. Perché non andiamo avanti e...

-No Walker, non voglio. - Rispose in tono isterico. - Non sembra aver notato che all'ufficio di cambio che abbiamo superato c'era scritto cinque franchi per un dollaro. Sa quanto è ora, quindici franchi per un dollaro? E questo significa che è vecchio di almeno otto anni. Siamo già in centro e non ci sono ambulanti, capisci...!

- Volete che guidi con un cadavere nel bagagliaio fino a Stambord, che dista più di 90 chilometri. Temo di doverle dire che non abbiamo abbastanza benzina per andare così lontano, al massimo usciremo da questa dannata strada fino a raggiungere la strada principale. - brontolò Spencer, maledicendo la situazione in cui si trovavano. Karla cominciò a diventare isterica e a lamentarsi fino a urlare che voleva andarsene da questa città che la rendeva nervosa.

-Puoi abbassare quella cazzo di voce?", urlò Walker, "abbiamo il cadavere di un ragazzo a cui è stata tagliata la gola pochi minuti prima che noi lo colpissimo inavvertitamente. Voglio andare in municipio, fare un rapporto e andarmene da qui. Se non è d'accordo, può scendere e camminare lungo la strada; la raggiungerò più tardi. -Walker era arrabbiato, Karla si arrabbiò e scese dall'auto decisa ad andarsene da lì, ma la paura glielo impedì e dovette tornare indietro.

- Non so come cazzo ho fatto a firmare la lettera di matrimonio, è la cosa peggiore che abbia mai fatto. Tutti i fottuti matrimoni iniziano e finiscono allo stesso modo; un anno di felicità e poi.... E poi; litigi e litigi e litigi. -disse con rabbia, rassegnata al marito che guidava verso il luogo in cui voleva andare: il municipio.

5

-Perdonami Karla. Ho dovuto farlo. Aspettami qui. Torno subito, vado in quel ristorante, ci deve essere qualcuno che sta mangiando.

-E tu mi lascerai qui da solo, aspetta... Non lo senti?

- Cosa?

-Nulla. Non vi sembra strano che non ci siano auto, né rumori di alcun tipo, solo silenzio.

-Aspetta, ha sentito le voci dei bambini", ha detto Walker.

-Deve essere la tua immaginazione", balbettò. -È meglio che venga con te e che ce ne andiamo da qui.

Entrambi si diressero verso il piccolo ristorante di pesce accanto a quello che sembrava il municipio. Lo aprirono e, con grande sorpresa di entrambi, non c'era nulla.

-No, signor Walker, troppi commensali, non crede? -disse la donna con sarcasmo.

- Zitta Karla! Inoltre eri parte dell'idea di voler mangiare qualcosa, oh no, mi sembra che questo posto sia chiuso da anni, guarda che bar....

-È rotto, come se fosse successo qualcosa di brutto, forse una rissa e l'intero posto è stato distrutto. Ma non importa. Spencer è ora di andare, credo che abbiamo visto abbastanza.

-Aspetta, ho trovato qualcosa.

- Cosa?

-Un calendario; c'è scritto 1978.

- Wow, te l'ho detto, questo posto è deserto da decenni. Ma tu hai voluto ostinatamente venire. Ora è il momento di andarsene da qui", disse la ragazza arrabbiata mentre Walker usciva infuriato e si dirigeva verso il municipio, che aveva chiaramente lo stesso aspetto.

-Spencer, sei uno sciocco, non ti rendi conto che c'è qualcosa che non va. E continui a cercare persone dove non ce ne sono. - gridò la ragazza.

Capisci, voglio solo sbarazzarmi di tu-sai-cosa.

Tre minuti dopo lasciavano l'edificio che un tempo fungeva da municipio, forse negli anni Settanta. Per raggiungere, nonostante i capricci di Karla, un'enorme chiesa a circa 300 metri di distanza.

- Che ne sarà di Walker adesso? Non dirmi che pregherai.

-Fammi dare un'occhiata. Vuoi venire?

-Non verrò con te in quel posto. Non ci vado da quando ho iniziato il liceo e non voglio più tornarci. Dai, Walker, smettiamola con queste sciocchezze e usciamo, per favore. -La ragazza insistette ancora.

-Ci metto solo un minuto", disse Walker allontanandosi e agitando il dito medio sopra la spalla. Karla gli gridò contro:

-Se non torni entro un minuto, accendo la macchina e ti lascio qui in mezzo al nulla.

-Come le ho detto, agente, l'ho lasciata in macchina e sono entrato nella grande chiesa al centro del villaggio. Pensavo che avremmo trovato delle persone.

- E come previsto, il signor Spencer non ha trovato nulla, vero?

-Al contrario, vorrei non aver trovato nulla.

-Entrando nell'atrio, o meglio nel foyer, rimasi sorpreso da quanto fosse buio, così mi ci volle un po' per abituarmi all'atmosfera. Una volta assimilata l'atmosfera, la prima cosa che ho notato è stato un mucchio di lettere di legno che giacevano proprio sopra una paletta, come se fossero state buttate di proposito. Sembravano vecchie come quel calendario del 1970 e anche di più. Ogni figura o lettera di legno era alta circa quaranta centimetri. Così mi misi a formare una specie di frase. Alla fine, dopo diversi minuti, riuscii a formare la frase "chiesa". Non so bene cosa mi stesse succedendo in quel momento, mia moglie stava gridando furiosamente all'interno dell'auto e io stavo apparentemente facendo qualcosa di stupido. Ma non so, qualcosa mi diceva nel profondo che dovevo sapere cosa diceva quel gruppo di lettere, che conteneva il mistero di qualcosa di molto brutto che stava accadendo lì. Passarono altri minuti e alla fine avevo decifrato l'intera frase: "Chiesa Battista del Signore". E questa era una cosa strana: chi aveva rimosso quelle lettere che avrebbero dovuto essere sulla facciata e le aveva praticamente buttate via? Quella chiesa non era più la Chiesa Battista del Signore, ora era un'altra cosa.

- Certo, signor Spencer! Hanno solo cambiato il nome e basta.

-È quello che ho pensato all'inizio, agente; ma che tipo di chiesa era quella? mi sono chiesto. Poi entrai nell'atrio e ciò che scoprii mi sorprese. Sul pavimento c'erano centinaia di piccoli crocifissi identici a quello che avevo trovato nella valigetta. In fondo c'era un Cristo, e sul muro c'era una pittura piuttosto strana, come se fosse stata fatta da bambini. Sai, il modo approssimativo di disegnare. E accanto c'erano delle persone, questo è quello che voglio credere, in una specie di fuoco come se fosse l'inferno. Ah! E dimenticavo, sulla testa di quel Cristo, mettevano delle bucce di mais come capelli e come sacrificio; persone accanto a pannocchie di mais...

- Quei pazzi. Perdoni l'interruzione, signor Spencer, ma dovevo dirlo. Continui con la sua storia.

6

-Non importa, agente. In quel momento rabbrividii. Era successo qualcosa in quella città ed era molto grave, pensai. Volevo solo andarmene da lì, ma come potete immaginare non volevo dare ragione a Karla e scappare come un codardo. Volevo avere ragione. In qualche modo volevo risolvere quel mistero, se ce n'era uno. -Mi dissi. -Non aveva senso per me che questo posto fosse stato abbandonato per decenni. Poi, prima di andarmene, trovai un'enorme bibbia. Aveva tutte le pagine del Nuovo Testamento strappate, solo l'Antico Testamento era rimasto per qualche motivo. Sotto quella tavola c'era un piccolo libro con la didascalia: "Uccidete i malvagi perché la terra torni fertile e".

-Ad essere sincero, signor Spencer, lei mi ha raccontato una storia davvero interessante, ma sarò sincero: non mi ha ancora detto nulla di specifico su quello che le è successo.

- Quanto segue è molto importante.

-La verità è che ci sono sempre state storie su questo posto. Campi pieni di veleni, strane apparizioni e... onestamente, nessuno pattuglia più questo posto, tranne un paio di volte all'anno. È inutile, nessuno si aggira qui intorno. E visto che mi hai detto che eri diretto verso la costa, la cosa più sensata da fare sarebbe stata prendere l'autostrada dalla 15...

-Ufficiale, credo di sapere cosa sta succedendo qui.

- Va bene, ti ascolto. Ti ascolto, ma sbrigati; devo fare un po' di pattugliamento dopo averti preso.

- Quando presi il libro di cui gli avevo parlato, quello che si trovava sotto la Bibbia. Trovai un libro aperto e al centro della pagina una colonna di nomi che, a giudicare dalla calligrafia, sembrava fatta da un bambino di meno di dieci anni. Nelle prime pagine c'era un elenco di persone con la registrazione della loro nascita e della loro morte. Ho continuato a girare le pagine quando alla nona pagina c'erano solo nomi senza date di nascita e di morte, fino all'anno 1970. Quello che voglio dire è che quell'anno è successo qualcosa in questo villaggio. E sono sicuro che si tratta di qualcosa che ha a che fare con la religione, i bambini piccoli e il mais. Non ne sono sicuro, forse sono mie deduzioni, ma è come se qualcosa li avesse posseduti per fare una nuova religione maniacale.... Tagliato fuori dal mondo praticamente per migliaia di chilometri e circondato da decine di campi infiniti di mais e arbusti.

- E i nomi nel libro, intendo le ultime pagine?

-Sì, è quello che stavo per dirle, agente. Nelle pagine c'erano solo nomi come, ad esempio, Mosè, Aron, Isaia... ovviamente i loro nomi erano stati cambiati in profeti del Vecchio Testamento. Questo indicava che questi ragazzi erano morti molto giovani, tra i 18 e i 20 anni, da quello che dicevano le loro date nel libro; tutti nati tra il 1950 e morti tra il 1965 e il 68. Erano morti in modo naturale, non so se mi spiego. Non credo che siano morti naturalmente! Sono sicuro che sono stati uccisi o piuttosto sacrificati. Per quale motivo? Non lo so, ma la mia teoria è che forse i campi di grano si stavano prosciugando e loro pensavano che fosse a causa dei peccatori, così hanno pensato che i sacrifici sarebbero stati la soluzione. Tra i solchi mettevano i sacrifici per placare in qualche modo la furia del loro dio...

- È una follia! -esclamò l'ufficiale.

- Per qualche motivo, questa religione di bambini dementi decise che nessuno dopo i vent'anni sarebbe rimasto in vita e sarebbe stato sacrificato. Così, probabilmente, in quell'anno iniziarono a sacrificare gli adulti, i nonni, i padri e le madri. Li uccidevano nel sonno. Li avvelenavano, o forse li smembravano vivi... e tutto per i campi di mais, per placare la furia, secondo loro, del loro dio, quel dio del mais che, secondo loro, cammina vicino, molto vicino se ci si avvicina ai filari di mais. Ero spaventato, ma qualcosa mi fermò; un altro libro e in esso c'era un nome, Samuele, e c'era scritto che il suo sacrificio sarebbe avvenuto tra due giorni, non voglio immaginare cosa sia successo a quel povero ragazzo o cosa gli sarebbe successo. In quel momento un brivido mi attraversò il corpo, qualcosa non quadrava e io e Karla eravamo in pericolo. Così, aprii le porte del vestibolo e corsi fuori dalla chiesa che era stata profanata. Mi aspettavo il peggio. Quando uscii, la luce del sole mi colpì e mi accecò momentaneamente. Guardando in direzione dell'auto dove si trovava Karla, la vidi agitarsi freneticamente, mentre a pochi metri dall'auto cominciavano ad avvicinarsi dei bambini. Sì, bambini di tutte le età. Molti di loro ridevano e urlavano terrorizzati, mentre alcuni impugnavano coltelli, machete e pietre. E persino una bambina di meno di otto anni portava un bastone appuntito pronto a...

Tutti cominciarono a uscire da ogni parte; era una follia, mentre Karla continuava a premere il clacson terrorizzata dalla scena a cui stava assistendo. Io rimasi immobile proprio sul gradino d'ingresso della chiesa, sconvolto da ciò che stavo vedendo. Le ragazze indossavano abiti lunghi fino alle caviglie e i ragazzi un vestito completamente scuro, mentre i più grandi portavano cappellini fatti di pula di mais essiccata. All'improvviso, davanti a me, i bambini si diressero verso la macchina, non senza avermi prima guardato con un certo odio, come se fossero in una sorta di trance diabolica. In quel momento gridai con tutte le mie forze a Karla di prendere la pistola 9 mm che si trovava nel vano portaoggetti. In quel momento i bambini cominciarono a salire sulla parte anteriore dell'auto e sul tendalino. Pochi minuti dopo iniziò l'attacco frenetico, con i finestrini in frantumi e i pneumatici inutilizzabili. Karla era in preda al delirio, alla frenesia, fuori di sé. Quando l'attacco cessò e l'auto fu resa inutilizzabile, le loro manine non si fermarono finché non trovarono il loro obiettivo: aprire la portiera. Volevano costringere Karla a uscire, ma all'inizio lei resistette tenendosi stretta al volante, finché uno di loro si chinò, tirò fuori un coltello e... sì. L'ha conficcato nella carotide. Vedendo quella scena raccapricciante in cui Karla cercava di fermare il sangue nel collo con le mani prima di perdere i sensi e morire. Corsi con tutte le mie forze verso di lei, ma non prima che un ragazzo, forse quindicenne, mi ostacolasse e metri dopo sentii un forte dolore lancinante alla spalla destra. Quando mi girai, vidi il sorriso beffardo di un ragazzo lentigginoso che mi disse: "Peccatore, dipingiti o la tua anima andrà all'inferno". Come meglio potevo, estrassi il coltellino dalla spalla e senza esitare glielo conficcai in gola facendolo morire dissanguato sotto gli occhi di tutti. Mi avvicinai a lui deciso a ripetere la stessa azione a chiunque si avvicinasse. Ricordo che gridai disperato con l'adrenalina a mille: "Dove l'hanno portata, bastardi?" La maggior parte di loro si fermò intorno a me per qualche istante stringendo forte le loro armi affilate. All'improvviso, un piccolo grido infantile disse: "Uccidiamolo", uccidiamolo, è un peccatore". Dopo di che una pioggia di pietre mi cadde addosso, il tutto sembrava un film dell'orrore sanguinoso.

Prima la nostra lotta di coppia, poi ci siamo persi, poi abbiamo investito quel bambino che ora che ricordo è uno di loro, e dopo il tentativo di assassinarmi, non senza aver prima preso Karina, sicuramente già senza vita, per farne un sacrificio.

Nonostante i colpi che sentivo dalle rocce e sapendo che lì non avrei ottenuto nulla, corsi con tutte le mie forze verso la strada cercando di perdermi il più velocemente possibile da lì, presto mi ritrovai all'ingresso del villaggio dove c'erano campi di grano ai lati della strada sterrata. Immediatamente, per paura di lasciare una scia di sangue dalla spalla, mi persi nel campo di grano, senza sapere dove stavo andando. Alle mie spalle si sentivano voci infantili che dicevano: "Prendilo, uccidilo in qualsiasi modo, fai il sacrificio". Una parte di me si chiedeva se sarei riuscito a correre e a raggiungere un posto sicuro lontano da quei bastardi che erano decine.

Presto il grano si chiuse dietro di me e fu allora che potei respirare in sicurezza per un po'. Ho strisciato in avanti per chilometri, forse per paura di essere individuato dall'alto degli alberi da un movimento anomalo nel grano. Dopo forse quaranta minuti e con il cuore che batteva da ore, caddi in ginocchio a terra; ero esausto. Le piccole voci delle creature si sentivano già da lontano. Sebbene fossero molte, mi resi conto che erano molto male organizzate. In quel momento ho ringraziato Dio di aver smesso di fumare e di essermi salvato quella volta. Non so se sia giusto, ma nonostante abbia visto Karla aggredita e uccisa e poi portata via, non mi sono sentita in colpa. Forse era l'avversione che provavo per i tre anni di matrimonio che ho vissuto con lei, che sono stati terribili.

Mentre mi inoltravo sempre di più tra i solchi di mais, dimenticai che sotto di essi c'erano centinaia di cadaveri, ma stavo uscendo da lì sano e salvo, quindi cosa importava il resto. Circa dieci minuti dopo le piccole voci diaboliche si ripresentarono. Senza dubbio non si sarebbero arresi così facilmente, stavano setacciando ogni parte di quel campo di grano che sicuramente conoscevano molto bene. E cominciavano a usare delle tattiche, come tenere la voce bassa per arrivare a me. Mi risultava sempre più difficile cercare di sentirli alle mie spalle.

Il tempo passò in fretta. Quando tirai fuori l'orologio da tasca erano quasi le 5:20 del pomeriggio e il sole era già tramontato, rendendo cupo il fatto di trovarsi in mezzo ai filari di mais, mentre le foglie della pianta facevano delle ombre che a volte mi confondevano facendomi pensare che quelle piccole creature mi avessero trovato. Rimasi lì accovacciato in un solco cercando di captare una voce, ma niente, forse quelle maledette creature ne avevano abbastanza e avevano deciso di tornare.

A quel punto pensai che fosse ora di andarsene. Un quarto d'ora dopo sbucai di nuovo su una strada sterrata molto diversa da quella con cui eravamo entrati nel villaggio, con recinti di vecchi bastoni e alberi di tipo diverso, dove abbondavano corvi e piccoli volatili. Dopo circa 300 metri di cammino, ho trovato una macchina in mezzo alla strada sterrata. Ho provato a metterla in moto, ma non avevo la chiave, ma per mia fortuna sul retro c'era un cellulare che ho preso e sono subito uscito sulla strada, una strada che sembrava invisibile dalla carreggiata, poi ho guardato ai miei lati e c'era la stessa stazione di servizio dove io e Karla eravamo tornati indietro ore prima, così sono salito e mi sono nascosto e ho chiamato il centralino della polizia e il resto lo sapete, agente.

- Incredibile! Sono sincero signor Spencer, la sua storia è davvero credibile. Alla stazione di polizia sentiamo storie come questa, ma tutti hanno paura e tacciono, nessuno vuole indagare. Il mio collega Michael aveva ragione, avremmo dovuto bloccare questa strada. Erano due anni che non si verificava un incidente del genere". Simmons Brown, un amico che lavorava per il governo, è venuto qui due anni fa nella città di Yarling per effettuare un censimento non ufficiale e... è scomparso senza lasciare traccia. Non fu mai più visto.

- E non pensi che sia sufficiente con...?

-Per me sì, signor Spencer. Non sa quanto li ho pregati di avviare un'indagine sui responsabili. Ma non ho ricevuto alcun sostegno. È come se tutti lì facessero parte di tutto questo. Come se qualcuno nell'ombra stesse permettendo tutto ciò che sta accadendo. -L'agente era un po' costernato dalla storia che aveva appena sentito, mentre rispondeva al suo dispositivo di comunicazione per confermare la sua posizione. - Dove pensa che sia stata portata sua moglie?

-È quello che vorrei sapere. Anche se dubito che sia vivo adesso.

-Signor Spencer, andiamo a cercare sua moglie, forse è ancora viva. Non si preoccupi se escono quei piccoli bastardi; sapranno cos'è l'autorità", disse il poliziotto.

- Non ci tornerò mai più, agente.

- Senta, signor Spencer, se si rifiuta, posso arrestarla e accusarla di favoreggiamento. Non dimentichi che sono io l'autorità. Per il suo bene, venga con me.

-Seguitemi. E si sbrighi, non ci sono più di due ore di luce. -disse l'agente, mentre Walker prendeva posto nella parte anteriore dell'auto di pattuglia e l'agente partiva per la città verso le sei.

-Allora, qual è il vostro piano ufficiale? -chiese Walker mentre la pattuglia si dirigeva verso la città.

7

- Ormai dovrebbero essere dentro il villaggio, non c'è da aver paura, ho delle armi, una pistola da 10 mm e diversi fucili nel bagagliaio.

-Poiché non superiamo l'agente e non torniamo al principale, non credo che valga la pena rischiare.

-Sono solo dei maledetti bastardi, non c'è nulla da temere", disse l'ufficiale mentre girava la pattuglia verso l'ingresso della strada che portava al villaggio di Yarling. -Devono avere un capo tra di loro.

All'improvviso, Spencer gridò forte, indicando il lato della strada recintato con tre fili di ferro orizzontali.

-Qui, fermo, ufficiale qui...

- Cosa c'è che non va? Cosa diavolo c'è che non va in lei, signor Spencer? Sta cercando di spaventarmi a morte.

-Perdonatemi, stavo guardando qualcosa laggiù all'orizzonte.

-Sì, l'ho visto, sembra un crocifisso gigante in mezzo al grano". -Sembra un crocifisso gigante in mezzo al grano", aveva commentato l'agente mentre Walker attraversava un varco nella recinzione e si dirigeva verso la croce a circa 200 metri di distanza, forse dalla strada. Pochi secondi dopo l'agente lo ha seguito e si sono avvicinati alla croce.

-Ufficiale d'attesa.

- Che cosa sta succedendo?

- L'avete già notato per terra? Non ci sono insetti o uccelli in questo luogo che porta alla croce, che strano!

-Hai ragione, non è che siano respinti da qualcosa. Quello che mi stupisce è che chi diavolo fa una piantagione di mais così perfetta?

- Non c'è vento nemmeno da questa parte.

8

Pochi secondi dopo rimasero entrambi pietrificati da ciò che trovarono su quell'enorme croce in mezzo al campo di grano. Una croce che si ergeva a tre metri da terra, e al centro della quale era inchiodata Karla senza occhi e smembrata, ma non solo; a quattro metri di distanza c'era un'altra croce più piccola che non si vedeva dalla strada, ed era forse il proprietario dell'auto che Spencer aveva trovato in mezzo alla strada sterrata, ed era proprio come Karla sulla croce uccisa da quei bambini e senza occhi.

- No!" gridò Walker terrorizzato portandosi le mani alla testa. -Karla, no. Karla....

-Andiamo, signor Walker", disse l'agente Steven. Usciamo da qui.

- Che succede, agente?

-Usciamo subito da qui, sta arrivando qualcosa. -rispose l'agente Steven estraendo la pistola e gridando.

-Dove siamo fuggiti ufficiale, i filari di mais si stanno chiudendo... non possiamo....

-È impossibile, questo è un prodotto del diavolo... *(Grida disperate)*.

(Citazione dal libro per bambini 1970)

"Tutto questo mi è stato insegnato molti anni fa. Ci disse che bisognava sacrificare i peccatori perché il Signore si compiacesse e benedicesse le nostre terre, e se lo facevate, il grano non si sarebbe seccato. Il sangue dei malvagi dovete versarlo e così i vostri peccati non saranno troppi".

(Voce guida dei bambini da qualche parte a Yarling)

"L'uomo vestito di verde e con gli occhi rossi che cammina dietro i filari di grano e che è il nostro signore, ci ha detto che questi due cadaveri immondi che sono stati annientati vuole che tu li porti via per i corvi, non sono puri per il sacrificio, quindi portali fuori perché i corvi e gli uccelli li divorino...".

La bambola maledetta

In casa Wilson squillò un telefono verso le quattro e mezza.

- Come va Robert? E' bello sentirti, fratello, come stanno tutti laggiù?

-Non molto bene, Harry.

- Che cosa sta succedendo?

- Vedete! La zia... Elisa è morta.

- È incredibile, e come è successo?

-Credo che sia morto d'infarto la mattina stessa. Siamo entrati in casa. Io e mia moglie eravamo in visita e l'abbiamo trovata distesa in mezzo alla cucina. -Robert era sull'orlo delle lacrime, mentre la sua voce si incrinava per il momento.

- Sai se aveva un problema cardiaco, vero?

-Non che io sappia..." rispose Robert. -Ehi, fratello, potresti darmi una mano?

-Certo, fratello. Jessica è al lavoro ora, potrebbe arrivare tra due ore; le dirò tutto e partiremo subito con i bambini per il Maryland.

-Sarebbe fantastico, grazie mille fratello. -Robert ha commentato.

-Allora dovremmo arrivare domani, se non c'è troppo traffico, verso le 9 del mattino.

-Puoi ancora stare con noi, la mia casa è piccola, ma...

-Sapete se il Motel Skirtlow è ancora sul viale vicino alla casa di zia Elisa?

-Quel vecchio motel è ancora lì.

- Fantastico! È lì che staremo. -Rispose Harry.

-Allora ci vediamo domani, Harry, stammi bene e ciao.

-Alla stessa ora. Ci vediamo lì.

Tre ore dopo Harry e la sua famiglia erano in viaggio da Dallas al Maryland, un viaggio di oltre venti ore. Sulla strada libera per Warkinham.

- Ehi Dany! Prestami il tuo tablet.

-Non fare il piagnucolone, Yimi. Non sono ancora passati venti minuti.

- Mamma! Dani non vuole prestarmi il tablet, ha già giocato troppo.

-Potete fare silenzio, per l'amor di Dio? Papà non sta bene. - sussurrò sottovoce la madre Jada guardando i piccoli diavoli da sopra le spalle. La sorella maggiore, quattordicenne, fece una smorfia di disappunto verso la coppia di monelli che non avevano più di 9 anni.

-Il papà non guardava la zia Elisa da circa 10.000 anni. -borbottò Sandy. Contemporaneamente la coppia di birbanti disse. "Spero che ci abbia lasciato la casa".

- Mi fai un favore e chiudi quella cazzo di bocca, Sandy? Un altro commento del genere davanti allo zio Robert, credimi, li "ammazzo". Sono stato chiaro?

- Sì, papà! - esclamarono tutti in coro facendo il muso lungo.

- Calma Harry! Non dire così ai bambini. E' molto sbagliato da parte tua.

-Sono tranquillo, Jada, era solo una correzione.

-Quindi, per favore, fate silenzio, non voglio gridare di nuovo contro di loro. - avvertì Harry, mentre dava un'occhiata ai birbanti nello specchietto retrovisore e metteva su un classico, "Heaven" di Bryan Adams, per alleviare in qualche modo lo stress.

Arrivammo a casa di zia Elisa verso le 8. La sua casa era circondata da un terreno boscoso di proprietà della famiglia e a 400 metri di distanza c'era il lago di SUN, dove avevo trascorso gran parte della mia infanzia. Da un lato ero felice di vedere quel paesaggio e quella casa dopo tanto tempo, ma c'era qualcosa dentro di me che non mi piaceva.

Cosa non ti è piaciuto? - si sentì dire da una vocina diabolica dentro Harry.

-Quella non è la macchina di Harry, tuo fratello? -disse Jada.
-Se è dentro, entriamo.

- Ehi ragazzi! Mettete giù i vostri fottuti tablet e scendete dalla macchina. Entriamo", disse il padre.

Qualche minuto dopo:
-Harry, tuo fratello dovrebbe essere qui, vero?

-La casa è enorme, sicuramente deve essere in una stanza da qualche parte. -Dice Harry, avvicinandosi alle scale che portano alla cantina: "Robert, fratello, sei qui?

-Qui in cantina, scendo subito", rispose la voce di Robert. Mentre risuonava il rumore di scatole di cartone e di cose messe a posto.

-Ciao fratello, sono contento che tu sia venuto. Grazie mille.
-Ciao campioni, come state? -disse cordialmente mentre salutava il resto dei nipoti e Jada con la sua caratteristica cordialità.

-E dov'è il corpo di Elisa?", chiese Jada.

-Le pompe funebri l'hanno portata via e... Sa, tutte le pratiche sono di sopra nella stanza. Se vuoi darmi una mano più tardi, perché non sono molto bravo.

La mia attenzione in quel momento era concentrata sull'aspetto sparuto e sparuto di mio fratello Robert mentre chiacchierava con mia moglie, motivo per cui non mi accorsi che Yimi e Dany scesero in cantina e aprirono una scatola. Lo capii perché una di loro disse:

- Papà! Abbiamo trovato una bellissima bambola, possiamo giocarci?

Fu in quel momento che lo vidi, oh sì, quel giocattolo dopo tanti anni.

"Non puoi chiamare Harry un semplice giocattolo, che è stato tuo amico per molti anni", si sentì di nuovo la vocina beffarda e diabolica.

Si trattava di un pupazzo di 45 cm vestito di nero, con un sorriso sul volto e una piccola chiave sulla schiena per farlo girare.

"È passato tanto tempo, Harry, non ti sono mancata?

-Papà, l'ho trovata", si sentiva che i due bambini litigavano per la bambola.

-Ricomincia", disse Jada, distogliendo lo sguardo da Robert.

-Dammi quella bambola, è un giocattolo della mia infanzia", ordinò il padre.

- Chi vorrebbe giocare con una cosa del genere? È terribile", commentò la sorella maggiore.

-Papà dammelo, voglio avvolgerlo. Voglio caricarlo.

- No! È inutilizzabile da molto tempo. Pertanto, terrò la bambola e la storia finisce qui. -disse Harry. I bambini salirono le scale della cantina e Harry tornò ad aspettare la bambola insanguinata.

Mettere in ordine i documenti e tutto il resto richiedeva ore. Quando muore qualcuno, ci sono molte cose da fare, molte scartoffie e le notifiche ai conoscenti richiedono molto tempo. Poi io, mio fratello e Jada ci sedemmo tutti a un tavolino, lo stesso che usavo da bambina per fare i compiti.

- Dove sono i miei nipoti?

-Si stanno divertendo nel cortile. -dice Jada

-Divertitevi, perché in città non è lo stesso", aveva osservato Harry.

-Solo che non andranno al lago", disse Robert.

- Perché?

-Il buco di Harry.

-Li prendo io", disse Harry lasciandoli parlare.

"Harry, hai perso la memoria così presto", sussurrò ancora, e quella maledetta voce diabolica si udì vicino a Harry, probabilmente proveniente dal manichino.

Andai a prendere i bambini, ma naturalmente portai con me la bambola dalla sua scatola.

"Mi porterai a fare un giro, Harry, come ai vecchi tempi".

Afferrai la scimmia con una mano, mentre una parte di me provava disgusto anche solo a farlo. Odiavo la sensazione del suo tocco, ma non volevo comunque lanciarla in giro. Ora che era tornata, non potevo perderla di vista nemmeno per un minuto, poteva essere pericolosa.

-Dany, non correre vicino a quell'erba, c'è un pozzo e potresti cadere. -avvertì il padre mentre guardava i due bambini che si divertivano a rincorrersi. -Ehi, papà, cos'è il pozzo?", chiese improvvisamente Yimi smettendo di correre.

"Forza Harry, mostra loro il pozzo!".

-Questo è il pozzo, bambini. Come potete vedere, è abbastanza profondo e può essere pericoloso se ci cadete dentro.

-È una merda. Non si vede il fondo", disse Dany sul bordo del pozzo, che era circondato da un piccolo cerchio di pietra.

-Papà, posso lanciare questo sasso?

-Certo Yimi.

Avrei potuto gettare la scimmia, proprio come mio figlio ha fatto con il sasso, in fondo a quel maledetto pozzo. Ma purtroppo non credo che sarebbe servito a molto.

2

"Perché Harry, dai, dillo! -secretò ancora quella vocina atroce.

Perché l'avevo già fatto, ero uscito dal fondo di quel pozzo nel 1968.

- Dove stai andando Harry?

-In cortile, mamma.

-Penso che sia un po' tardi per andare al parco giochi, perché non vieni con me a vedere il romanzo?

- Voglio andare fuori, mamma.

-Basta che non ti allontani. Non voglio che tu vada al pozzo, ok?

-Va tutto bene, mamma", disse Harry.

Ma purtroppo non ascoltai la mamma e mi avvicinai al pozzo, che in quegli anni era stato costruito solo da un paio di settimane. Era la stessa cosa che avevo fatto oggi: portavo sotto il braccio lo stesso manichino sagomato e lo sentivo altrettanto ruvido, duro e scomodo, e mi sussurrava con il suo caratteristico tono beffardo. Ma a differenza di oggi, quella volta ero determinato a portare a termine la mia missione. Ricordo di averlo gettato nel fondo del pozzo di acqua sporca e mentre mi allontanavo alle mie spalle i suoi sussurri diabolici:

"Non possiamo essere separati Harry, siamo due spiriti uniti per sempre".

Ricordo che l'ho fatto circa tre volte e lui è sempre ricomparso in casa. L'ultima volta mi fece piangere molto.

Quando mi avvicinai alla casa, mia madre mi aspettava fuori con una notizia amara nonostante la mia età.

-Tesoro. La signora Mary ha chiamato per dire che il tuo piccolo amico Bob è caduto dal tetto e... Mi dispiace tanto. -Mia madre singhiozzò. Bob è stato l'ultima vittima della bambola prima di non vederlo più per decenni, fino ad oggi.

-Questo motel fa schifo, Harry, come hai potuto pensare di portarci qui. I bambini fanno i capricci, non c'è il wi-fi e....

- Dai, non fare il catastrofista, il mondo non finirà perché non c'è il wi-fi.

-Almeno tu avresti accettato la proposta di tuo fratello e noi saremmo rimasti in casa. - Jada rifiutò.

- Non preoccupatevi! Sono solo un paio di giorni. La prego di comprendere.

-Mi dispiace Harry, hai ragione, ma è anche molto stressante qui. Vado a fare un bagno. -disse la donna. -Un'ultima cosa, tesoro, spero che tu non abbia intenzione di dormire accanto a me con quella scimmia sotto il braccio, mi fa venire la nausea.

- Non si preoccupi, lo metterò via tra un attimo. Le chiedo solo di non toglierlo dalla valigia. Ok.

-Ti stai comportando come una bambina", disse Jada uscendo dalla stanza. -disse Jada uscendo dalla stanza.

"Perché lo fate, è inutile che mi teniate lontano. Mi metterete in quella valigia scura:

-Ne ho abbastanza di te. Stai zitto, maledetto manichino. -Gli gridò Harry mentre lo spingeva con forza di nuovo nell'enorme valigia, mentre il manichino rideva con un ghigno diabolico.

Fissai la valigia, aspettando che dicesse di nuovo quei maledetti sussurri, ma con mia sorpresa non disse nulla. Quella scena mi riportò alla prima volta che lo vidi, molti ma molti anni prima. In quegli anni Robert e io vivevamo ancora a casa di mia madre. Nostro padre era morto sette mesi prima. Una sera di pioggia, verso le dieci di sera, prima di andare a dormire, decisi di scendere in cantina, non so ancora perché, ma forse la malinconia di non vedere mio padre mi fece venire voglia di rovistare tra le sue cose. Mio padre era stato per tutta la vita un commerciante marittimo, quindi aveva sempre un sacco di cose che aveva acquistato in giro per il mondo. Dopo la sua morte, nostra madre portò tutte le sue cose in scatole in cantina. Non erano più di sei gli scatoloni in cui rovistavo, quando mi imbattei in questo oggetto. Una piccola bambola con un sorriso misterioso e una chiave per farla girare. E apparentemente era stata fabbricata da qualche parte in Iraq. Fu la prima volta che sentii la sua voce, quella maledetta voce da robot diabolico.

"Ciao Harry... Non aver paura di me, non sono malvagio".

-Ciao. Mi fai paura.

"Non aver paura, sono solo una piccola bambola. Non ti farei mai del male. Vuoi darmi un po' di corda, è divertente muovere le mie manine". -.

Non ci ho pensato molto e l'ho fatto. L'ho avvolto. In quel momento, mentre lo caricavo, accadde qualcosa dentro di me, qualcosa mi diede la sensazione che quello che stavo facendo non era buono, anzi, era molto cattivo. Me ne resi conto solo la mattina dopo, quando mia madre, nel bel mezzo del pianto, radunò Robert e me in salotto per dirci qualcosa.

- Cosa c'è che non va mamma? -chiedemmo in coro io e mio fratello.

-Mi dispiace dirvi che Mamby è morta.

Mamby era la nostra specie di babysitter, una donna afroamericana di circa 55 anni a cui Robert e io ci eravamo affezionati. Secondo la polizia, Mamby fu investita mentre usciva di casa. Un tizio drogato l'ha investita con la sua auto e l'ha uccisa. Almeno la mamma disse che non aveva sofferto. Ma la cosa che più mi fece rabbrividire fu che avvenne proprio nello stesso momento in cui io stavo mettendo a punto quella cosa.

"È solo una coincidenza, Harry.

Quando me ne resi conto, dedussi che era colpa di quella maledetta bambola. Così corsi in cantina e la gettai subito in una cassa di legno, mettendoci sopra alcune cose pesanti. Uscii dalla cantina, ma non prima di aver sentito i suoi sussurri. "Non importa quanto tu cerchi di nascondermi, Harry, io ti troverò sempre.

Quel giorno pensai che non avrebbe mai più incrociato la mia strada, ma ovviamente mi sbagliavo di grosso.

- Come ti senti, tesoro, dopo la doccia? -chiese Harry.

-E chi è la ragazza nella foto?

-Mia zia Elisa quando era giovane.

- Wow! Com'era bella.

-Sì.

- Ciao Harry! So che è stato difficile per te e per questo sei così stressato. Ti capisco, ma cerca di essere più tollerante con i bambini, non sgridarli così tanto.

-Va tutto bene, tesoro. Vado a dormire un po', sono piuttosto stanca. Ne parleremo domani.

- Certo amore! Buona notte", disse Jada baciandolo. -disse Jada dandogli un bacio. -

In realtà avevo paura di dire a mia moglie della bambola, perché probabilmente mi avrebbe dato del pazzo o non avrebbe capito. Anche se, a dire il vero, a volte mi sentivo pazzo anch'io quando sentivo quelle voci nella mia testa. In tutti questi decenni l'avevo quasi dimenticato, ma purtroppo lui non l'avrebbe permesso. Infatti, dopo la morte di Mamby, tornò a farsi vivo.

Erano passati circa undici mesi da quando Mamby era stato brutalmente investito, e in tutto quel tempo non avevo mai messo piede in quella fredda cantina. Quel pomeriggio del settantadue stavo tornando a casa prima da scuola, affamata perché ero andata subito in frigo a prendere un po' di succo di frutta, e poi lo sentii di nuovo. La sua risata macabra mi fece rizzare i capelli in testa perché non veniva dalla cantina, ma dal piano di sopra dove dormiva Robert.

- Sei tu Robert? -chiesi avvicinandomi alla stanza di mio fratello. Ero quasi sull'orlo delle lacrime, così cercai di correre a metà delle scale, ma qualcosa me lo impedì. Una forza misteriosa mi trattenne.

"Harry, vieni qui, ho bisogno del tuo aiuto", sussurrò di nuovo la voce di mio fratello Robert.

3

Quando arrivai in camera aprii la porta e, come mi aspettavo, non era mio fratello Robert, ma quella bambola sul comò che sussurrava e si prendeva gioco di me. Corsi da lui e lo frustai a terra, facendogli smettere di muovere le manine a causa del movimento che le corde gli procuravano. Ma poco prima di aspettarlo di nuovo, sentii la frase che avevo tanto temuto e che proveniva in qualche modo da quella bambola: "Come ti piace giocare Harry". Era chiaramente una minaccia.

-Non fargli del male, fratello mio, ti prego. -implorai la bambola, cosa che non avevo mai fatto a nessuno prima. Nella stanza di Robert mi raggomitolai in una palla e mi sdraiai in attesa che mamma arrivasse e mi desse la brutta notizia. Arrivò ore dopo e mi trovò in lacrime.

- Cosa c'è che non va in te, figlia mia?

-Niente, mamma, sono solo caduto.

- Dov'è tuo fratello?

-Non lo so. Non partiamo nello stesso momento.

-Avrebbe dovuto essere qui un'ora fa. -Disse. In fondo avevo l'idea che a quell'ora fosse già morto, solo che l'agente era arrivato e ci aveva dato la brutta notizia.

-Mamma, dove sei?

-Solo per parlare di lui. Finalmente è arrivato. -disse mia madre. In quel momento non potevo crederci, era possibile che il giocattolo non gli avesse fatto nulla. Ma proprio mentre mia madre diceva questo, gli occhi selvaggi della bambola si rivolsero a me e sussurrarono: "Harry, tutto è possibile". Io e la mamma scendemmo al piano di sotto perché a quanto pare anche Robert stava piangendo per qualcosa, ma perché?

-Anche tu stai piangendo, tesoro. -chiese la mamma all'ingresso del soggiorno.

-Mamma. Tomy è stato trovato impiccato con una vite a un albero della sua casa. Dicono che stava giocando e si è impigliato e...

Santo cielo! - aveva esclamato mia madre abbracciando forte mio fratello Robert.

Tomy Silver era il migliore amico di mio fratello, quindi era naturale che stesse piangendo a dirotto. Era anche il miglior atleta della scuola. Chiaramente dovevo fare qualcosa, altrimenti tutti i miei cari sarebbero morti a causa di quella bambola.

"Dove mi porti Harry, non credi che sia troppo tardi di notte per passeggiare?".

Ovviamente non gli risposi, presi una di quelle vecchie piastre di ferro e cominciai a colpirlo con tutta la mia forza, sfogando la mia rabbia su di lui.

"Cosa stai facendo Harry? Non vedi che è assurdo quello che stai facendo, non ha senso che tu lo faccia. Sono solo un manichino. Non puoi farmi del male,

Dopo averla notevolmente danneggiata, raccolsi i pezzi che si erano staccati e stavo per buttarla via, quando una forza misteriosa dentro di me mi impedì di farlo di nuovo. Di conseguenza, presi una scatola e li ributtai dentro. Ancora oggi non so perché l'ho fatto.

- Tesoro, il tuo cellulare sta squillando, perché non rispondi? -Jada sbadigliò e chiuse di nuovo gli occhi.

- Chi parla?

- Mi scusi se la chiamo un po' in ritardo, Harry. Posso parlarti un attimo? Non riesco a dormire...

-Naturalmente. Deja prende una sigaretta ed esce sul balcone.

-Potete pensare che io sia pazzo, ma ditemi che è lui.

- Di cosa stai parlando Robert? - disse Harry piuttosto stupito, pensando di essere l'unico a saperlo.

-Chi altro, il manichino. Sono sicuro che la colpa di tutte le disgrazie è sua. -disse Robert, piuttosto convinto, e insistette finché Harry non acconsentì.

-Sì, è lui.

- Lo sapevo, qualcosa mi diceva che era quella cosa. Che coincidenza che in tutte le disgrazie che abbiamo vissuto, Bob, Mamby e molti altri erano sempre lì sulla libreria o nella stanza. Sapete come funziona?

-Non ho idea di come faccia, ma se è vero, è vero.

-Da quanto tempo ne è a conoscenza?

-Non credo che questo sia importante, Robert. Quello che è importante ora è che ho un piano, non posso dirtelo ora, ma se funziona, potremmo sbarazzarci di quella cosa per sempre. Domani te lo dirò", sussurrò Harry, cercando in qualche modo di evitare che il manichino se ne accorgesse.

-Va bene, fratello, parlamene domani.

-Ti lascio e cerco di dormire.

-Non credo che lo farò.

-Nemmeno io, Robert.

4

Tuttavia, riuscii a dormire. Ma poco prima di farlo, quel maledetto ricordo mi invase la mente. E mi chiesi quanto tempo ci avrebbe messo Robert a capire che ero stata responsabile della morte della nostra cara madre? -.

Quel pomeriggio del '78 ero da sola nella mia stanza a giocare al nuovo videogioco che avevo appena comprato. Robert era fuori con la mamma, quando all'improvviso quel rumore dietro di me, mi sembrò di sentire le manine della bambola e una vocina che sussurrava: "Harry, Harry". Naturalmente non mi sono girato e ho continuato a giocare. Era impossibile che la bambola fosse dietro di me, visto che l'avevo messa in una scatola di legno con sopra forse venti chili di roba, senza dimenticare che l'avevo fatta a pezzi quasi un anno prima.

"Harry, sai cosa succede di solito dopo questo".

Non mi dispiaceva perdere la striscia che avevo fatto nel videogioco. Mi voltai e incredibilmente era lì, sul comò, che mi guardava con quegli occhi scuri e spalancati come a dire: "Ora fammi vedere e finiamo il lavoro", non riuscii a trattenermi e lo feci vedere mentre chiudevo gli occhi immaginando cosa sarebbe successo. Due ore dopo, un paramedico accompagnato da Sarah, la nostra vicina di casa, mi diede la notizia che mia madre era morta per un ictus. Piansi come non avevo mai pianto in vita mia, il triplo di quanto avevo pianto al funerale di papà. Con rabbia cercai di distruggerlo, ma senza successo, e un mese dopo, quando Robert e io andammo a vivere con la zia Elisa, lo gettai nel bidone della spazzatura di un vicino, ma quel maledetto oggetto tornò un anno dopo, quando lo trovai in un angolo della cantina. Non aspettai a lungo e fu allora che lo gettai nel buco, quel maledetto buco che avevano appena fatto in casa di mia zia.

- Papà, papà, svegliati.

- Come va Yimi, che ora è?

-Sono le 11", rispose il ragazzo.

-Perché diavolo tua madre non è venuta a prendermi?

-Perché mamma e Sandy sono partite alle 9 e mi hanno lasciato con mio fratello Dany, in modo da poterti avvisare.

-Perché piangi, Yimi, cosa c'è che non va? Volevi andare con lei? - chiese Harry sconcertato.

-No papà, è che... la bambola mi parla. Non mi crederai, ma mi parla. -disse la nicchia, singhiozzando.

-Spero che non abbia girato la chiave. -Harry era inorridito.

-Voleva papà. Quella scimmia è cattiva, vero?

-Sì, tesoro, è una cosa brutta. -Disse lei e lo abbracciò forte, sussurrandogli:

-Lasciati sistemare da me e da te, tesoro, mentre tuo fratello Dani finisce di giocare al suo videogioco. Voglio che tu vada fuori a raccogliere più sassi che puoi. Più ne raccogliete, meglio è. Andate! E aspettami in corridoio. - Gli ordinò Harry, e il ragazzo obbedì senza esitare.

Presi la maledetta scimmia e la misi in valigia, ma non prima di aver noleggiato l'auto dal tizio alla reception per cento dollari.

- Dove stiamo andando papà e perché? -chiese Yimi sul sedile del passeggero.

"È lo stesso dubbio che ho io, Harry" (Sussurri della bambola).

- Andiamo al lago, tesoro, lo scoprirai presto.

-Papà, la bambola mi ha detto che ha ucciso zia Elisa, nostra nonna e nostro nonno, e un sacco di gente, è vero o voleva solo spaventarmi?

-Purtroppo è vero. -Dice Harry e poi sospira.

-Ma è solo un manichino, come può uccidere le persone?

-Non so Yimi, è un mistero....

Guidai ancora trenta minuti e raggiungemmo il lago da una parte dove c'erano vecchie zattere lontano dalla casa di zia Elisa.

- Cosa stai cercando di fare, papà?

-Metterò questa zattera nel lago. Nel frattempo, datemi una mano: mettete tutte le pietre della borsa nella valigia.

-Ma si può gestire in acqua.

-Io e tuo zio Robert nuotavamo e remavamo in questo posto quando eravamo bambini, quindi lo so.

"Cosa stai facendo Yimi?

-Papà, la bambola mi sta parlando. -gridò il bambino mentre gettava tutti i sassi dal sacco.

-Ignoratelo.

"Prendi la chiave che ho sulla schiena e avvolgimi Yimi".

-Non ascoltarlo, sbrigati a chiudere la valigia.

"Yimi, fammi vento". (La bambola sussurra di nuovo mentre Yimi mugola.

Pochi minuti dopo avevamo raggiunto il centro del lago, dove era più profondo.

-Qui c'è una profondità di alcuni metri.

-Non piangere più, tesoro. Presto questa bambola diabolica se ne andrà per sempre". - Harry sentenziò gettando la bambola nella valigia nel lago, ma con suo grande stupore la valigia non affondò.

"Non sarà così facile Harry".

- Papà la valigia non affonda.

- Affonda, fottuto giocattolo di merda! -Gridò Harry mettendo un piede sulla valigia.

-Sta affondando, papà.

-Ecco fatto. Affonda, figlio di puttana!

All'improvviso Yimi esclamò:

- Cos'è quello sguardo sul fondo dell'acqua?

-Lasciatemi guardare fuori.

Pochi secondi dopo essermi avvicinato all'acqua e aver sentito ancora quei maledetti sussurri. Sotto il mio viso potevo scorgere diversi cadaveri di persone annegate che mi fissavano incessantemente.

- Andiamo Yimi...!

"A presto Harry, ci rivedremo ancora hahaha...". -.

5

Tornato al motel con mio figlio, ero sicuro che il telefono avrebbe squillato da un momento all'altro e che un agente mi avrebbe detto che più di un membro della mia famiglia era stato coinvolto in un terribile incidente. Ma non accadde nulla del genere. Purtroppo, posso solo aspettare il resto della mia vita per voltarmi un giorno e vedere apparire quella bambola malvagia, sicuramente frutto di mani demoniache. Temo che quel giorno arriverà, perché so che si vendicherà di uno dei miei amati figli o di mia moglie, e quando avrà finito con tutti loro: io lo seguirò sicuramente. Per poi passare in altre mani tra le quali potreste essere voi....

Grazie